Cyfres Cae Berllan

Sgubor ar Dân

Heather Amery

Darluniwyd gan Stephen Cartwright

Addasiad Emily Huws

Chwiliwch am yr hwyaden fach felen sydd ar bob tudalen.

Dyma fferm Cae Berllan.

Dyma Mari Morgan. Hi sy'n ffermio. Mae ganddi
ddau o blant o'r enw Cadi a Jac. Gwalch ydi enw'r ci.

Dyma Ted.

Mae Ted yn gweithio ar fferm Cae Berllan. Mae'n gofalu am y tractor a'r peiriannau eraill.

Mae Cadi a Jac yn helpu Ted.

Maen nhw'n hoffi helpu Ted ar y fferm. Heddiw mae
Ted yn trwsio'r ffens o amgylch cae'r defaid.

'Arogl mwg,' meddai Jac.

'Ted,' meddai Jac. 'Mae rhywbeth yn llosgi.'
Dyna Ted a'r plant yn snwffian, snwffian.

Mae'r sgubor ar dân.

'Edrychwch!' meddai Cadi. 'Mwg yn dod o'r sgubor!
Mae hi ar dân. Beth wnawn ni?'

'Ffoniwch am injan dân!'

'Brysiwch,' meddai Ted. 'Rhedwch i'r tŷ nerth eich traed. Mae'n rhaid inni alw am injan dân.'

Mae Cadi a Jac yn rhedeg i'r tŷ.

'Help!' galwodd Cadi. 'Galwch am injan dân.
Brysiwch! Mae'r sgubor ar dân.'

Mae Mari Morgan yn ffonio 999.

'Fferm Cae Berllan,' meddai hi. 'Injan dân, os gwelwch yn dda. Dowch ar frys. Diolch yn fawr iawn.'

'Arhoswch yn y tŷ.'

'Cadi a Jac,' meddai Mari Morgan. 'Arhoswch yn
y tŷ. Rhaid i Gwalch aros i mewn hefyd.'

Mae Cadi a Jac yn gwylio o'r drws.

Cyn bo hir maen nhw'n clywed sŵn seiren ac yn gweld yr injan dân yn dod i'r buarth.

'Mae'r injan dân yma.'

Mae'r dynion tân yn neidio allan. Wedyn maen nhw'n estyn pibellau ac yn eu datod.

Mae'r dynion tân yn rhedeg tua'r sgubor gyda'r pibellau. Welwch chi o ble maen nhw'n cael dŵr?

Mae'r dynion yn chwistrellu dŵr ar y sgubor.

Mae Cadi a Jac yn gwylio drwy'r ffenest.
'Mae'r ochr arall yn dal i losgi,' meddai Cadi.

'Dyna'r tân.'

Mae un o'r dynion yn rhedeg i gefn y sgubor.
Yno mae dau wersyllwr yn coginio ar dân coed mawr!

Mae'r tân wedi diffodd.

'Mae'n ddrwg gynnon ni,' meddai'r gwersyllwyr.
'Dwi'n falch fod pawb yn iawn,' meddai Jac.

Cynllun y clawr: Hannah Ahmed   Gwaith digidol: Natacha Goransky
Cyhoeddwyd gyntaf gan Usborne Publishing Ltd., 83–85 Saffron Hill, Llundain EC1N 8RT. Hawlfraint © Usborne Publishing Cyf., 1989, 2004 www.usborne.com
Cyhoeddwyd gan Wasg Gomer, Llandysul, Ceredigion SA44 4JL yn 2007, 2010 www.gomer.co.uk Teitl gwreiddiol: Barn on Fire